跟着我，沉入大海

FOLLOW ME
INTO THE SEA

赵真仁 | 著

文汇出版社

　　赵真仁，男，2002年生于瑞典，5岁随父母迁回中国，现就读北京一所国际学校。擅长运动和大提琴，2016、2017两度获学校乐器比赛第一名，2016年获学校最佳音乐人奖，现担任学校交响乐团首席大提琴手。13岁开始写诗和短篇小说，2015年参加《诗意的日子》诗歌朗诵会。

序

龚应恬

我见过赵真仁有两次。一次是在他父亲赵立新演话剧谢幕之时，他和姐姐一起上台献花，那时候他才4岁，鼻涕还擦不太干净；另一次是我们一家和赵立新一家在"蓝色港湾"的大食堂里相遇，他正捧着一个比他脑袋大两倍的大碗在吃面条，低头只吃，不言不语。但我做梦也想不到不言不语的他竟在若干年后捧出了一本诗集。

　　诗是什么？当今不会有人理你这个问题。上星期我去霸州，那个地方的售楼处已经挤破头了，那儿将有轨道交通，坐车去未来的第二国际机场上班非常方便。今天又传来雄县树苗脱销的消息，因为网上开始疯传着迁都的传闻，听说村里人都在种苞谷、种棉花、种大葱的地里种上了树秧。也就在这个时候，立新打来电话，告诉我说他想给儿子出本诗集。这是一个多么不合时宜的电话！他的儿子赵真仁15岁，作业本上写满了诗篇。我想，这父子俩一定是同时疯了。在别人忙着种树，准备升高补习，家长忙着带孩子上课外班辅导班的时候，爹在说诗，子在写诗。我想说的是，抬起头来的赵真仁其实已告诉了我诗是什么。

在人们越来越清楚为什么忙的时代，立新却在那天动情地跟我说起了儿子和诗。电话里有泪水的温度，有自豪，有心酸，有百感交集。在我着急赶剧本养家糊口时，立新让我给赵真仁的诗看个大概。也许，立新想起来了好多年前我也曾被诗歌中魔，也曾写过诗。确实，我自己都忘了，那时候各个报刊都有诗歌专栏，我也是给它们投过稿的，我竟也有过诗情画意岁月的。我也曾有过那么些雨巷江南的写意，有过青春时光里的美好、苦恼中的梦想、幼稚中的哲思，和无知者无畏的巅狂，以及早已退潮了的一腔激情。是立新和赵真仁父子把我拉回了过往，拉回了曾经。曾经离今天是那么的遥远啊，遥远得都已经称为上个世纪了。那时候没有放在最前面的利益，没有投资和限购，没有超级女声和快男，没有杀马特，没有黑粉、搜狗，也没有网上购票，赵真仁的父亲赵立新和我是一起从不同的方向排队挤着绿皮火车前往上海的，那里是我们仰慕却不甚了解的上戏和中戏的考场，那里是诗意和理想。莎士比亚全集到今天也没有看完，但我们当时就敢往里冲。3月的黄埔江上没有今天繁忙，但它是油画画出来的。我们踩着潮湿的弄堂，穿越大半个申城，去寻找上海译制厂的配音演员严崇德，那时候我们着装土气却发型艺术，那时候张口就说要给北京人艺写史诗，那时候我们就是比赵真仁大一点点的年龄，那时候是多么美好的年代，美好得只有一腔执着和澎湃的热血。可是，那个年代哪儿去了呢？依稀只记得，那是一个专给坏蛋配音但我并不熟悉的艺术家，他却对两个冒失的年轻人友好得一见如故，就像若干年后我并没有再见赵真仁却对他的诗一见如故一样。那时候的人际关系也是诗意的。我们淋着南方的细雨，说诗，说电影，论话剧，谈西方现代派，从《大独裁者》里的理发师，到《简爱》里的罗切斯特，从舒婷到波德莱尔，再到但丁，滔滔不绝，我们哪儿都敢闯进去，哪儿都敢批评，我们哪儿都能捕捉到平仄，哪儿哪儿都不计后果，我们像一个真正的诗人一样行吟着未来。可是，昨天的未来，今天的过去，那些我们追寻的东西又哪儿去了呢，我们的诗情哪儿去了？

去了霸州？去了雄县？流淌在养家糊口的奔波里了？还是消失在生命的磨砺里了？还是丢在了头破血流的现场或角落？要知道，此刻我是含着泪水在写我的这些曾经和我的这番疑问的，此刻或许我才完全体会那天立新电话里的百感交集。那天的花镜下，我终于看到了 15 岁赵真仁的吟诵，那个孩子用他的细声细语在朗诵："青春／终将离去／青春灿烂的回忆也将暗淡／就像远征的战士／踏上不归之路"，听到这儿的时候我无比忧伤，他却继续吟诵着："一个个辞别时光彩夺目／却没有人能知道／死中求生的男儿会何时归来"。是的，他的父辈，我们这一代，还回得去吗？我问立新，更问自己。赵真仁告诉我们："但起码／我们清楚／有回家的战士／也有被传唤而复生的青春"。听到这儿，我还在疑问的时候是赵真仁让我释然了，我无限欣慰。一代人老去，一个时代可能真的结束了，新的春笋正穿越地壳开山辟路，赵真仁即是赵立新的完成，生命和诗情正完成着残酷的更替与传承；一片山林被人为砍伐，并不是末日，而是野蛮生长的契机，春天复来，生生不息！

　　在这种生机和气息里，我欣喜地读到了少年过人的才情和懵懂的恋情，我是那样的喜欢，我也试着去感受着年轻的赵真仁的忧伤和早熟的绝望，我既难过又疼爱，他再次提醒了我的当年。"我是那冰雪王子／置身于父王的国度中／在春夏秋／我不能离开城堡半步/唯有那凄美的寒冬/能提醒我自己存在的意义"。我忽然觉得，我们还能做什么呢？回忆我们那一代的曾经，还有意义吗？感慨岁月，依然不能破解一个春天和另一个春天的不同。小脑袋已经有了大思想，生机勃勃的翅膀早就不满足于我们给他的天空了。我想劝立新，打开城门，让年轻冲进属于他们自己的新天地，任他攀爬，任他飞翔……"冰凌坠落……轻快的响声呼唤我/屋外清冷的气息呼唤着我/我便/奔跑/冲出了城门……"看他多急切啊！

　　是的，真仁，你是我们诗意的复活，你是我们梦想的继续。只是多希望读到更多的你的城门外的快活啊，真仁！

　　是为序。

目 录

你的诗

年少轻狂时，
把我作为你的归宿。
你狂野，
你宛如清水河塘的心，
我像蝴蝶爱花似的恋。
你含蓄，
你有像衡阳闪烁的容颜，
我有永不熄灭。

你歌唱，
你唱爱情，破碎与雷声，
我愿当那点亮月光的灯火。
你难忘，
你留给我不再自由的孤独，
我抛下永生永世的泪。

跟着我，沉入大海

当我看着你的脸，
暗黑已散消了。
你的发丝在你不经意间扬起，
苍白在你的双颊上是楚楚的风致。

啊，姑娘——
你的倩笑让我心驰神往。
你不回家，便跟着我吧，
跟着我，沉入大海，
犹如艳丽的珊瑚，低着头。

我们逃离猛兽的魔爪，
为的是
躲避
生活的利刃，
刺向他人罢。
我们难道非等待死亡不可？！

只能懦弱，
只能掩藏。
啊，姑娘——
跟着我，沉入大海，
犹如艳丽的珊瑚，
美丽但不见天日。

致月光

我看你昂着头，
低垂双眼。
那些暗淡的时光，
在夜晚黯淡。

你犹如月亮洒下的光芒，
那些支离破碎的花草，
那些荒芜幽谧的石径⋯⋯
我将踏着黎明的月光，
拥抱这夜晚的光芒。

我生命中舒展的星辰

我看着暮色和周围的房屋，
这和谐之中，
没有呐喊与咆哮。
一切声音与哭泣，
在这里隐瞒自己的往事。

暮色，
被枯枝包裹。
我站在风中，
只有怀念夏日的丰盛。

也许自然同样在怀念，
它有些老了。
我怀念曾经燃烧的火焰，
它怀念春暖花开。

我生命中舒展的星辰，
甜美的名字，
还有你，我不停赞美的爱情
都已殆尽，
成为暗黑的身影、
石块、
还有温存的尸体。

我不知道，
生活为何取走了一切，
而我总是一再地沉默。
我从没想过要迷失，
只是没有了路。
秋日哀悼着它的衰老，
也没想过要安慰别人。

光阴似水，它不流，它滴落，停止

光阴是那雨水，
它因愤怒而倾泻，
因青春而停止。
因为你，
光阴变得不再重要，
它成为露珠。

下着雨呢，
我的脸上却沾满了泪水。
我哭你，
回忆那时代的娇美。

我爱过玫瑰，
你送给我的是荆棘，
你让我的光阴不再重要。
你取走了那十年，
置于荒芜。
我不介意。

阴 阳

我死后，
你要记住我。
像太阳那样不离不弃，
像月亮那样始终如一。

愁　思

我划着小船，
在海上荡漾，
一轮轮清波。
我要远行！追寻……
远离那喧嚣的市井。
海上的夜空中，有人呼唤我，
要我向东方旅行。
我愿意忘记人间的忧愁，
在海面上荡秋千。
起风了，
我不怕，我不回家，
暴风不会吞没我，
我却欢喜它吹。

浩大吹走我的忧愁，
疯狂吹走我的相思。
我不怕，我不回家。
起浪了，
我不怕，我不回家。
划着桨，
跟它们一块儿玩耍，
巨浪带我到遥远的天边
看月亮。

冬　思

我是那冰雪王子，
置身于父王的国度中。
在春夏秋，我不能离开城堡半步。
唯有那凄美的寒冬，
能提醒我自己存在的意义。
冰凌坠落，
轻快的响声唤醒我，
屋外清冷的气息呼唤着我。
我便奔跑，
冲出了城门。

远方的山峦就像这宜人的清晨，
哟！那样朦胧。
如画的山石群仿佛是个倒影，
轻浮在粼粼的水面上。
眼前的雪竹林焕然一新，
哟！那样皎白。
竹叶在这初冬的早晨显得那么的
冷峭，
那么的拙拙逼人。
它那苍白的模样与尖刻的身体好像
杀手。

我观摩着寒冬的景观，
多么艳丽。
然而我却未曾寻到你的身影，
未曾感知到你散发的气息。
这是极扫兴的事，
或许，真是极扫兴的。

我猛然发现了一些景色中的瑕疵……
也许发现这些美中不足的景物，
是落寞的心情所致，
也许是你早在那金灿灿的秋天，
就已离我而去了罢。

我的你

你看见的，
不是真正的我，
而是你的我。
我看见的，
不是我的你，
却是真正的你。

以后人来人往的，
我还怎么认出你？

爱　情

因为人类出生时没有爱，
我们便渴望爱情。
再发现，
也许它并不适合我们。

血与水

我在迷雾中，
看清了你。
这地方原是万紫千红，
现在却一一枯竭了。
战争带走了和平，
领走了幸福者，
就像情理之中。

和平像一池透彻的清水，直到
一滴鲜血
蛮不讲理地蔓延。
蔓延的是污浊与争端，
直至看到的只有血水，
战争……

你，我，
相反的，
是两滴挺过浑浊之后的清水。
但在血水中，
已发生不了什么了。

我的悲伤

你为何
用易碎的笑,
充满
我的悲伤。
我的灵魂已悬在空中,
没有了寂寞的光,
没有了爱情的翻滚,
躺在树梢上的鸟窝里,
我需要死亡。

我描写凄凉,
头顶上的冠玉。
你用易碎的笑,
充满
我易碎的心。

我需要死亡,
你风韵犹存。

完　美

我们认为的完美，
往往却只是，
比美好还差一点。

抉 择

你的爱人离你而去却寻到了幸福，
你应当高兴。
因为你如果爱她，
便希望她喜悦，
便盼着她青春的一颗心永不变老。
而不应是，
不经意间发现她的双颊不再圆润，
笑容也变得憔悴，
却仿佛
那不是你的错。

海洋与父

面对着拥有父亲般庄严的海洋，
看着
海水的涨潮与退潮，
波浪的低潮与高潮。
我在想，
它这位父亲，是不是像我一样
喜怒无常，
却又对这世间的种种元素百般了解，
甚至自以为是呢？

孤独的海

我走近风暴，
试图留住自己。
暴风雨好似堕落的泪，
肆虐自己扫下的尘埃。
我却流得很远，
难道我迷失了？
交融在冰冷中的星火，
仿佛天意。
我曾相信轻轻的希望之歌，
不相信有落花
飞红。

我咀嚼此刻的无言，
去祈祷自己的完好。
这一切灰沙，
我看见蒙尘的灯火。

我迷失了，
我被推向黑暗，
被暴风吹散。

快　乐

唯独快乐
是会消失殆尽的，
一去不复返的。

快乐，就像五月薄薄如绵绸的雪
融了去。
就像我那如溪水般流淌的烂漫的青春
逝了去。
我试着用双手抓住快乐，
它们却像清水，从我指尖流过。
难道这是何人的过错么？
万一是，谁便是那罪魁祸首呢？

这么久了，
我失去快乐已这么久了，
我却依然
问着自己。
然后一脸茫然，说着：
罢了，
罢了……

音　乐

我听着欢喜的音乐，
伤感这生活过于灰暗。
我听着伤感的音乐，
伤感这生活过于伤感。

要分离，要欢聚

一层薄霜伏在窗子上，
这世界不光冷，
也模糊。
我请求，南风加快时间，
哦，它烦恼的很。
还有那么长！

我头顶寂寞的光环，
暗淡的金。
作诗，
作分离，
作欢聚，
作为安慰。
那么长要走，
要分离，
要欢聚。

姑娘，新郎呢？

姑娘，瞧你脸上的妆画得多浓！
你是要去哪里？
新郎呢？你呢？
你慌张
——自然要慌张的，
你瞧不见你的人。
你的焦躁与苍白的脸色，
黯淡了浓妆。

我是个旁观者，
也只能是个旁观者。
就连在人家的梦中，
思绪中，
我也只有徘徊、疑犹。

姑娘，不急，
你的主角就在不远方，
他风尘仆仆，也没有嫉妒。
我将再次撑着渡船，
越过亮灯的心房，穿过梦的波浪……

主角，你在哪里？
双桨带我驶向绝望，
孤独、无恙……

你

今天我看见了你。
你在人群中，还是那么
迷人地笑。
当我忍不住向你的脸看去，
你看见了我，
你飘逸地把脸与头发
转了过去。
没有笑，
没有出声。

我们此时说了再见，
难道竟无法再相见了么？
你没有作答，
因为你也没法回答。

沦 亡

轰！
爆炸毁掉了这座城市。
弥漫着硫磺味的废墟中
生命倒塌了，
就像那些无助的楼房。

不堪一击。
我矗立在残骸之上，
想到一个个梦想与希望在巨响的一瞬破灭，
——永无再生之日。

我看着天上那一朵朵被玷污的却依然保持着
微笑的云，
险些哭出声来。

生

孩童在窗外嬉戏，
那片片云彩配着那蓝，
那一阵阵童声多么悦耳。
我却坐在屋里，
有些儿昏暗，
想着怎么去死。

山 羊

我赤裸地躺在薰衣草田中，
烈日的灼光让我紧闭着双眼。
薰衣草的幽香那么的甜，
我吸着鼻，嗅着那气息。
我的背脊有些儿瘙痒，
也许是那些吱吱呀呀
成群结队的幼蚁在作乱，
或者是一些其他的生命吧。
直率地说，我并不怎么在乎。

环顾四周，一切那么的朦胧，
大片的蓝色薰衣草在地平线上轻浮地飘着，
甚至细微地变幻着颜色。
天边的蓝在我眼中却是一片的白，
虽说白得洁静，却有些混沌。

然而，唯有一样事物我可瞧得异常的清楚，
它在一片薰衣草地上显得那么突兀，
那么醒目，
它身上那斑驳的白与天边的白色截然不同。
我揉了揉干涩的眼，再一次看去，
那是一头山羊。

生　活

我对生活
失掉了兴趣，
就像
少年对自己孩提时期的玩具，
感到厌恶。
爱情对我，
已起不了什么安慰的作用了，
死亡对我，
已起不了什么震慑的作用了。
也许，
唯独现在闭上双眼
瞧着黑暗，
与这尘世隔离，
感知着心中的平静，
能拿来聊以自慰罢。

长 廊

爱情
仿佛是长廊。
你试着前进一步，
发展一步，
你便离那出口
更加近。

我笑了

我看到婴儿笑，
我也笑。
我能看到他笑容中的
甜。
只是我心里
有些酸。
也许，这就是两代人的
对话吧。

最后一滴沧海

我带着无人问津的秘密,
坐在海浪之上,
木头和窗帘外,
众神呻吟,叫我抛弃欲望。
我想虚度光阴远行,
留在这海上也无妨。
我不管哪一处是天堂,
只要我把地狱禁闭。

我最终的老死，
会如同细沙，
意味着大海的终结。
我希望有钢琴曲伴我，
当生活留在原地，
我的灵魂回旋在空中。

最后一滴沧海，
最后一滴盐水，触碰到了
谭木花
低落的花瓣。

平静与死亡

可不是么，
雪来了。
它无声无息地
炫耀它的白皑皑。
我不知道该说什么，
但这雪花，坠落着
凋零，
像死亡，
还有平静。
也许，平静与死亡是一样东西。

松柏披着雪的葬衣，
华丽地守候，
那被葬的灵，
低着头，无声无息。
死去的是谁，
哀悼的是谁，
或许是在悼念那晚秋凋落的树叶，
或许是在哀伤
那已逝去的秋天里丰收的欢唱……

现在，
平静变成了空气。
我抬起头，
窗外，
白色变成了斑驳陆离的颜色，
雪的纯色也变得笼统。
悄悄地，
大自然的葬仪接近了尾声。

她从此不再爱

爱变成了恨，
就像雪花变成了冰凌，
它迟早会发生。

冻结的冰，会在最后
化为乌有。
恨消化了自然是好事，
只是从前对爱的付出
那么多，那么固执，那么傻……
时刻勾起你的痛，你的委屈。

你试着重新活，
不断地，
重新迎接下一场雪。

恋 爱

这世界，为何
容不得我们恋爱？
我昨日是那爱的人，
今日为何又被剥夺？
我不怕浪费光阴与你消磨，
这一生注定都是你的。
成双的花蝶翩飞，
双眼轻盈地抛媚。
它们有短暂的生命，
却得到了恒久的爱情。

爱人，不幸流淌在我们血中。
这漫长的一生又有着什么意义！
我在梦中，见到你，而流泪，
睁开眼，寂寞，而流泪。
双眼干涩了，便叹息：
这世界，为何
容不得我们恋爱。

黑夜与晨光

黑夜笼罩在我的心头，
没有惧怕，
我却孤独。
屋外的细雨让空气变得不再稀薄，
可有些寒。
远处的路灯还发着微光，
苦苦地等待着天明。
我想，它没什么错，
只是有些费电。
就像我没有做错什么，
但依然孤独。
我摸黑爬上了床，有些缓。
睡了，
想着明日能是另一番风景。

温　柔

爱情，
萌生，成长，死亡。
你想感叹她不再像从前那般温柔了，
变了的是你，
而不是她。

我看见的东西，
已不再好了。
纯真在这世上消失了，
就像
真相被封杀。

轻松一会儿

我关上了门，
想静一会儿。
但那猫头鹰悲凉的
唏嘘声，
勾起了我的烦恼。

似曾相识

我踏上这湿漉漉的长桥，
似曾相识。
桥面上厚厚的露水险些让我滑倒，
我便小心翼翼地走，
看上去不免有些病态，
有点牵强。

我此时，肯放下架子，
与面对着我肤浅作品的你们，
思考的是同样的问题：
我究竟在这远离市井喧嚣的幽境中干些什么呢？
我为什么要沿着桥往城市的反方向行走呢？

也许，我大胆地猜想，
是心中那陌生的声音，
再一次把我带到这里，
哟！就是这样。
那低声的呻吟似的指令遥控我的全身，
让我无力反抗。
那是一个暮年男子的声音。

更糟糕的是
那心中的声音就像是我自己的意愿，
就像是自己的右腿
提着左腿行动一般。
哟！真是这样，我委屈地感叹。
那声音为何把我再一次
领到这似曾相识的长桥呢？！
这是待解答的问题。

然而，此刻，
我翻阅脑中的记忆，
发现我并没有到过这长桥。
是的，
也并没有险些滑倒过。
而它，与我之间，
却似乎如此的亲密，
就像
这里是我转世之前的
墓地。

我爱你

我没挪开双眼，
是因为我恐惧。
我担忧刚才与你作别，
没有让你看到我的一丝微笑，
而是不舍的泣。

可是我想，你能像一滴雨水落入
我的脑海中，
不再容易辨认，
不再轻易独立，
但，存在那里。

我不愿让你看到我痛苦，
因为我希望你能不再回头守望，
守望我们那转瞬即逝的
春天。
不再猛然回看，
我们那短暂的
快乐。

去吧，去度过，去享受，
我能给你的不多，

只能给你一些笑，一些苦，一些酸。
你应去爱该爱的人，
去哭该哭的人。
那才是生活吧！

我想，你能像一滴雨水落入
我的脑海中，
不再容易辨认，
不再轻易独立。
但，存在那里。

我迅速拭干了泪，
笑了笑，
这一笑没有痛，没有苦，没有酸，
都是安慰。

Silent night

寂静的夜晚，
捡起地上的落叶，
哭，哭着，
那落叶象征着完结。

面对着欢庆的人们，
睡去吧，
像我将要吹灭的烛光。
不要载着希望
在人群中腐烂。
不值得寻找，
不值得执着。

镜

不知从何时而起，
孤单日日夜夜的纠缠，
我竟
和那扇镜子做了伴。

风雪一夜

我无处发泄，
只好在心头呜咽。
寒冷逼上头脑，
致使手足都打了颤，
不听了使唤。

你在吗？
你在，
就朝我挥挥手。
月光被风吹散了，
我也能瞧得见你。

洒在心上的细雨因寒冷结了冰。
我的冰凌，向谁射击？
或愿你能成为朝阳，
在这风花雪月之时溶化我。

在哪里，淹没，埋掉

歌声在野花丛中形成一片，
我希望我像麦田，
爱飞翔，爱与孩子们对话。
天空取走我的肋骨，
话语告知我嘴唇的酸。
那些秘密，死亡，都凝聚在一起。
我生在哪里？埋掉的摇篮，
被岁月淹没的
又是什么？
白杨树像我的灵魂，
星辰是我的姓名，
没有声响
的云。

我祈祷

我祈祷着，
明日能够更加美好。
爱情最好，也不那么
娇艳，妖娆。
我祈祷着，
明日能够更加精彩，
友谊最好，也不那么
忸怩，委婉。
我祈祷着，
明日我能离你默默而去，
而你最好
也别那么
逍遥。

无 言

我踏在原来的路上，
听不见你的一句话。
相思鸟对我的伤痕流泪，
我化作一束菊花，
不想代表死亡，
却已被肆意摧残。

花丛中，
有你的灵魂，
简单的童话，
火炬似的向日葵，
散发着清新。
你说你爱我，
唯一的焰火，
我不知道你在何方。
我踏着原来的路，
一条寂寞的路，
无酒无歌，
无言。
向时间
领取幻灭。

纸　人

朋友，你瞧，那么多的人！
他们身着制服，
像被粗心的裁缝剪出来的纸人。
制服大多不合身，
但谁又会关心呢！
女人与幼童被魁梧或瘦瘪的男人
挤得只好试着踮起脚尖，
或不屑地
蹲下，关闭自己。

人们的双眼朝向那太阳升起的地方
紧盯着。
黄昏来临，
他们的身影在落日的光线中，
留不下一丝痕迹。
他们看见的只有他们自己。

栀子花

虽然被折断了大部分的躯干，
栀子花还是开了。
它们对生命的继续，
仿佛没有任何挑剔，
即使被蹂躏，被践踏。

花的世界琢磨不透，
就像人心中的密室。
一颗颗栀子花散发着芳香，
不是为了我们人去歆羡的。
栀子花存活在危机之中，
不停地生长，
别无选择，但
它们究竟是为了谁？

她

她像草，
开花了。
绽放着，
就像花。

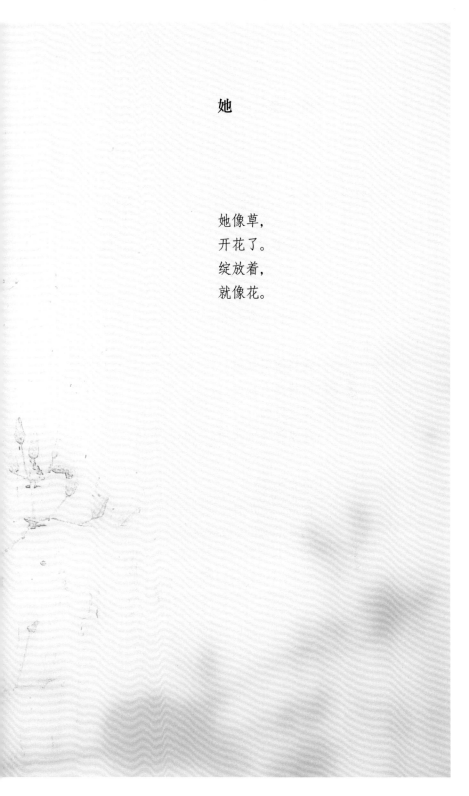

重 逢

没有分离，
重逢便不存在。
没有你的爱，
我想，
我早已不复存在了。

爱将演变成恨，
恨将演变成爱，
世上万物，
结果皆令人失望。

多少年了，
你依旧是那样
天真。

悲　歌

你听到那悲歌了吗？
连太阳也不在乎昏沉的大地。
燃烧的大提琴，
再也没有了声音。
你为何只欢喜？
可这世上只有悲忧。

大海没有了水分，
像被遗弃的麦田。
啊，我的生命，
为了多少花开，
为了爱情的烂醉，
唱夜曲。

当泪水被濯在窗户上，
绳结被我放在浑血中，
我从此自由，进入孤独。
你听见那悲歌了吗？

生活在废墟之中

我看到的生活，
是一片废墟。
模糊的有一个小孩，
我只看见他的小脑袋，
看似因疲倦
有些颓了。
他的下半身被塌陷的墙壁压住，
不得动弹，
他清楚自己是解脱不了的，
也就没打算挣扎。
顺着男孩的太阳穴与脸的双侧流淌着
有些发黑的鲜血。
他不屑地舔着流到嘴边的血，
看着远方的爆炸与烟云
解着渴。

卡西莫多

你不看自然，
那还有什么可欣羡的。
丑陋渗透在这里，
就像悲凉徘徊在死人堆中，
它就是悲凉。
纯洁美丽被称为淫荡，
我们，是
他们
——卡西莫多，
为何我们不像你。

无

光垂着，
我瞧不见那群星，
却看清楚那夜空。
它无尽，
我无眠。

血 国

鲜血溅在双颊上，
在窗上，在衣服上，在灵魂上。

我拿着斧子
向上，
置入月光下的血中
荡漾。

如 梦（第一部）

由她去吧，
由她去寻幸福吧。
以她的温文与儒雅，
必会得到她应得的甜蜜。
以她华丽的容貌，
必会得到她渴求的快乐。
那样，我也会欢喜。

如　梦（第二部）

莫要由她去，
莫要由她去寻幸福。
以她的天真与无邪，
她必会因此而迷失，而受欺。
以她对纯洁无杂念的爱情的盼望，
她必会因此而受挫，被玷污。
那样，莫要由她去。

流 年

我爱你，会到千年，
我怕的，只是流年。
你看那，苍白的月亮，
我说，它还放着光亮。
我常常，沉思在想，
一日去罢，唯有月亮，
瞧着我们，入了睡，
问着我们，念着谁。
它就是，不离不弃。

我将会，守着你，
像月亮，低着头。
你深夜一次次的闭眼，入睡，
我与你一天天的日子，流去。
啊，流年，月亮也挡你不住。
我爱你，会到千年，
我怕的，只是流年。

沉 默

我宁愿一个人沉默，
也不要两个人作伴沉默。

光 芒

瞧这月亮，
它璀璨，
像太阳。
我用双眼，
光芒都在眼前。
姑娘们的翩翩舞蹈，
华丽地绽放，
唤醒着陈旧的心房。
他们与冰霜为敌，
舒适，嬉戏。
那是他们的人生，
他们的光芒。
悠悠，姑娘——
离去拥抱那白光，
不留一丝萧瑟，
不洒下一缕凄凉。
在空中的月光，
是夜中的太阳。

路 灯

我只好默默地等待，
等待着白昼逝去，
等待着黑夜活来。
因为，只有无光的黑暗才让我有着存在的意义。
我的生活无非是跟黑暗抗争，
为了让你
能在荒无人烟的黑夜瞧见自己的五根指头，
得到点安慰。

看着你满脸喜悦，
我便自在。
看着你满脸愁容，
我便忧虑。
我看看世界，
我看看你。
我的一生便由此结束。

每每从缤纷的幻想回到现实，
我叹息：
我只是盏路灯，
一盏没有生命的路灯。

我休息了大半辈子,
睁开眼睛,
还是那么的倦。
我便取来那剩余的小半辈子,
置于睡梦之中。

我爱着你,
用我那剩余的小半辈子。
我困了,便爱爱。
我爱爱,便困了。

生命,
是虚? 是实?
还是在两者之间徘徊不定?

泪　珠

你听那沙沙声，
外面的雨，
有人在哭泣。
在我的上方，
泪打在湿滑的房檐上，
打破了清晨的露珠。

我数着每一滴。
忽然有点伤感，
那声音的确有些耳熟，
她怎么会在这里？
难道是因为等待？

我不知道我做错了什么，
但我依旧焦虑。
如果说哭泣的人是那雨，
我便是那露珠了。

幸福的遥远

允许我吧，
周游，遥远，
点着一束火炬，
无人
带着你脸上的不舍。

我搜刮星辰，
留住黄昏，
献给大地，
这广阔的平原。

种下自己的幸福，
不需要一句预言。

放 弃

我想，
我要放弃你了，
就像我要放弃生活。

其实不瞒你说，
我抛弃了你，
正如生活抛弃了我。

到头来，
他们所说的幸福，
我们什么都没得着。

烈火的孩子

这冷来冷去的南风，
好喜怒无常。
我心中的烈火，
暗了，灭了，睡在地板上。
冷啊，都熄灭了。
我想再点着那团火，
它却像个夭折的孩子，
伴随着寒风，
哭着降生，
哭着消灭，淡然，净尽……

我没有颂词或赞美诗

我希望，一切阴影与疲惫
从我的血肉中剪除。
我要的不是安祥，
而是生活给我的兑现。

我醒来，
像从来没有冬眠。
我瘦骨如柴，
我生命的冥火犹如坟地，
上帝是寄居在骨灰上的苹果树。

主啊，能不能填充我无尽的渴望，
让我撕裂的日子复原，
让我看见天际，
让我变回童子军。

教堂中有的是琴声，
我没有颂词或赞美诗，
生活只给了我沉沦。
主啊，你为何要故意遗弃？

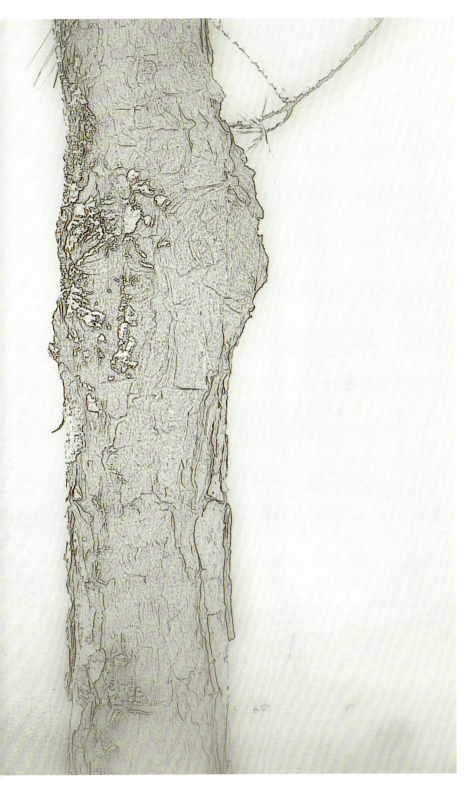

天　地

我矗立在悬崖
峭壁上，
眺望那最高。
最高最远的山，
的鸟，的笑。
仿佛能轻抚
天，
却碰不到那最低的
最近的
滋润
大地。

我赢来生活

刀刺进的胸膛，
是不是血乳交融了
昨夜中的荆棘。
我们穿越尖刺，
慢慢地靠近太阳。
我们杀了多少灵魂！
滚烫的鲜血灼痛了太阳……
我不敢，我负责收割灵魂。
手捂泪眼，
高举战利品，
赐一杯梅子酒。
拿死
确保明天的死亡。

郁金香

红色的帘幕，
遮住那郁金香田，
我的眼神，
慢慢悠悠。
我曾想攥住那小孩，
右手一使劲，却散落了。
一颗一颗
——没珍珠那么硬，
落在郁金香田里。
天边的霞光，
岁月义无反顾地奔跑。
拽住老人的衣袖，
再天真一会吧，
他很急，
他手里攥着剩下的
几颗岁月，
几世孤独。
他与那孤独的岁月，
散落在郁金香田里。
天边有一小块儿雨，
我看着它哭泣。

你不笑，也罢

你抚着我的头发，
就像梳理自己的长发一般。
你表现的异常苛刻。
这也许是我们最后一次相见了。
你说呢？
坦白地讲，这取决于你。

你将离我而去，奔向那远方的云彩。
你清楚，
我的心还是会为你等待着的。

你的手提箱与单独区别的易碎品
堆放在玄关处，
它们散发着刺鼻的皮革味道。
不知为何，
你摆脱我而去投入一个能真实给予你
幸福的人的怀抱，
应当是一个，
令你心中弥漫着期待与向往的举动。
然而，这离别之际，
你的一举一动却消极得可怕。
你的双眼异常冷漠，
脸色也相当苍白。

你冰冷的右手依然捋着我的头发，
左手搭挂在我的肩上：
你害怕孤独地死去吗？

一时的踌躇过后，你的话说出了口。
我不想作答。
在浑然不知你心中那个理想答案时，
我也不能说一些奉承话去敷衍你的天真。
我犹疑着，
甚至不清楚自己是否在思考着回应：
我害怕孤独地活着。

我紧张地盯着你，
笑了笑。
你的眼湿润了，
你强作一笑。
你将胳膊脱离了我的身体
退了去。
你没有像爱情故事里那样
抱住我。

想你了

想你，
夜晚便不怕幽灵。
因我始终想的，
是让你来，
跳进我的窗，
暖了我的冷。
他人犀利的双眼，
你便来把它们熔掉。
他人尖刺般的话语，
你便来把它们消散、稀释。
你是和缓的太阳，
便是生命了。

工　作

我们工作
是为了活。
安闲不久，
我们便会自觉地回到
工作上。
问问我们自己，
也许，
活着
也是为了工作吧！
工作，
或许也是为了
打发生命。

工作久了，
就连闲暇
也解决了。

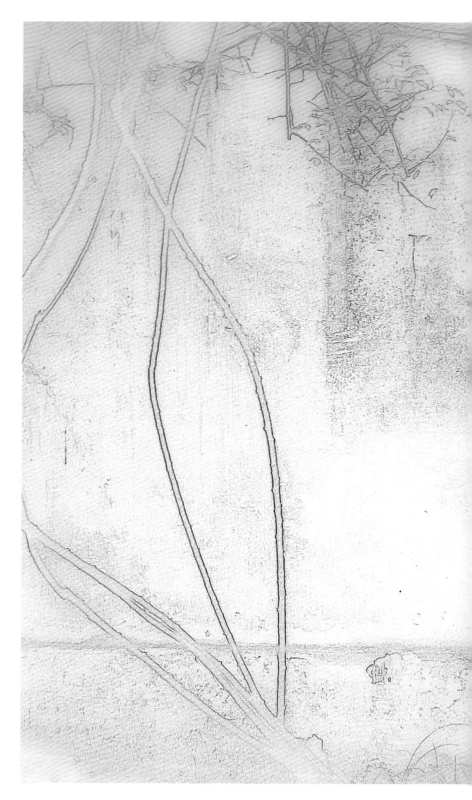

一　生

人的这一生，
无非是
瞧瞧别人，
且去试着活得像别人。

心　房

我的心，
好像一个没有窗户的房间，
散不出去
那伤痛。
时间为何只带我们向前走，
它为何不能歇歇，停下，慢慢流。
我又为何不能对你说：
等一等。

难　忘

常常
我看着那些
亲人，友人，光阴，
他们曾令我那么难忘，
转过头，却早已飘渺。

我接近了你，
却不敢打一声招呼。
我拥有了你，
却不会展示出一丝细微的体贴。
因为我知道，
艰难的快乐难忘，
容易的快乐轻飘。

那无边际的光明

在无边际的光明中，
那束黑暗之花
赐予我颜色与报答。
不再被人们呼唤，
那阴沉的无言的名字。
在白昼中发光吧，
踩在尸体，皇冠上……
被火烧炙的鳞片，
它那炊烟，没有空间，
穿过黑暗的墙壁，
飘向光彩的灵魂，
金色的枝叶。

那束黑暗之花

让一切都那么暗淡。

我看着它锋利的锯齿。

为何欢呼?

为何翩舞?

光明是孤独,

委婉的忧伤的灵。

为何有善恶之分?

我转过头,

亲吻黑暗。

真实的

我感到罪恶与无耻，
就像自己踏上了圣山自杀。
我感到自由与轻松，
就像告诉死神自己已经死了一遍。
我感到不悦与恼怒，
就像上帝与我开了个玩笑，告诉我
这一切都是真实的。

他们总说

他们总说，
不哭，要笑，
笑得越酣畅越好。
他们总说，
哭吧，哭吧，
哭出自己的委屈。
他们又说，
不要绝望，
这一切还不至于贫困潦倒。

他们总是在说。

朋友，看！那是往事

我曾有过新春的悲鸣。
往事，
下着雨的焰火，
用手捧着的烛光。

我走进岁月，
看见金色，山岭，天空。
那往事云烟
像装饰，
装饰岁月。
它华丽，
犹如泪珠，
犹如金银。

我和你

我用夜晚倾诉，
让灵魂睁开眼，
真正的放光，
陈旧的记忆被一一充满。
你忘记
我，惆怅。
还有
我曾试图让你快乐。

清 零

你不舍弃的味道，
清零我的寂寞。
你是常青树，
飘香的日光，
梦想的天堂。
我是嫩叶，
河塘中的夜珍珠，
被夕阳孕育
凋落的心房。

飓风吹过烈火，
火让风燃烧。
风烧过你的常青树，
一片万紫千红。

火星洒落在嫩叶上。
我这一片叶，
凋落了。

人 家

微笑的诗，
岁月的诗，
草原的诗，
它们谈的是幸福，
我比山楂树更要富足。

阳光的人家，
它们向我打招呼，
还走过我的窗帘。

阳光赐予我美丽与饭香，
黑夜却给我一切，
一切我需要的。
我可以呼吸与歌唱，
倒影中亲吻月光。
我的心不被黑暗埋没，
我以悲凉当作那双人床。

一个远方，
我的泪水，
我的一生，
我的富足。

家　园

我的周围，
有美丽的身体，
荆棘生在细腰上。
眼睛与嘴唇，
有华丽的远去，
在背后，
也有更香的花。

我定居在落叶之中，
像水一样的绿色滴落。
风吹走一切身后的影子，
我的心却在窗子上，
看着叶脉与肉身，
枯枝面对河流。
我曾有过丰收，
我曾感动，太阳照射到夜晚。
在背后，
我把所有给了大地封存。

我们的往事，
是悲伤，是欲望，
血液的记忆。
是被忘却的麦穗，
被心蹂躏的追逐。
你转过头的，
在背后，还完好。

花　瓣

我看见火影，
在病房的窗子外，
你是否还记得我？

花朵占满整个天空，
河岸，水收集着掉落的花瓣，
那些花瓣是泪水？

天空中，
你那朵白玫瑰，
说我们从未相爱。

一切，一切

死亡的风，
带来樱花飘落，
我俯身
看不见神明。

我还记得，
时光嫁给了湖面，
却又被引入了山川。
湖面上刻着哀祭文，
它对自己妻子说的话，
也许是赞美。

诗歌里没有对死亡的惧怕，
只是，偶尔的阴云。
我分不清诗歌与风，
但也许，同样冰冷。
他们都来自有神明的地方。

当我，对着海浪和欲望……

当我
对着海浪和欲望
再无言语，
我的心追随着风，
我告诉它，我已经老了，
已经沉陷，被抛弃，
虽然当初爱情告诉我，
它将成为生命。

河流已不再为我流淌，
田园之中，也听不见我想听的歌。
我是一座老城，
流出去的早已一去不返。
那些存下来的记忆和嬉笑，
却使我更加惶然、破裂。

我想成为树林，四季如春，
我想成为生命，有爱人和光明。
可我得到的，
是树林中短暂的风，
是我赖以生存的黑暗的诗。

懒 惰

懒惰？
我在思考，
在思考为什么懒惰。
他妈的，
这压根就不能被称为懒惰。

对你的思念很远很远

我在草原上，
留下最后一只曲子，
看着天际，把
对你的思念抛到很远。
燃烧中，
我不再渴求你的嘴唇，
我只想自己，
像一个陌生人似的
跟另一个陌生人畅谈星空。
对你的思念很远很远……

彩　虹

我保持一贯的沉默，
想在彩虹的高度上生活，
可我反复地
感受到很久都没有见到天空。

我在我自己的黑暗中徘徊……

我在我自己的黑暗中徘徊，
我好像曾拥有一切，
拥有一切空虚与忧伤。
我想烧掉一切，
烧掉玫瑰，
烧掉曾经恋爱时忧伤的眼神。
我看见百鸟，却会犹豫。

我斥责着自己的名字，
想让往事流落进别人的梦中。
听说她不再孤独了，
离开我，她甚至从来没有孤独感。

人们都知道她，
却没人知道，有一个人
曾经为了爱情，化成了
盛开的荷花和灰烬。

停歇在雨中，
我想到了昨天午后的太阳与枝丫。
我为何永远活在过去，
短暂的快乐
和忧伤。

我为了阳光

阳光下的山茶花，
这朵花在耳边，
身下的长草如同尖刺，
我想着诗和黎明。

我渴望有担心我的亲人，
和呼唤我的归宿。
可在黑暗中，
它们被流放到更远，
留下灰色的面孔。
此时此刻，我想像到亲人们的哭泣，
他们伸出手，
让我抓住它们。
带上我吧！
神明，为何要
让我深陷在孤独的光明中追寻！

那些记忆，母亲，家里的木屋……
木屋周围有成群的山茶花，
仿佛在等待一把烈火，
可烧不尽的呢。
母亲，难道永远逼迫我追寻？

靠着海水的木屋和渔船，
我渴望遗忘。
宁愿摆脱健康，甚至摆脱我自己，
我的软弱，对不起，
母亲，兄弟。
我为何没有攥紧你们的手，
却任由阳光刺伤我的眼？

飞　鸟

一群飞鸟，
即将消失，
我想问：
谁在呼唤？

夜晚的歌声

夜晚的歌声，
陪伴着避雨的人群，
我依然等待春天，
脚步忽快忽慢。

当人们的生命已消耗至尽头，
已坚决地吐出了最后的一句抱怨，
或者丈夫得知妻子又结了婚，
只留下一瓶好酒。

即使这一切都打散了人世间的愉悦，
那夜晚的歌手，
却不会离去。
他喜欢唱歌。
我踏进避雨的人群，
等不到春天，
雾气始终在扩散。

歌手开始唱，
开始唱歌。
不久，我便融入了人们的眼光与烟雾之间，
我什么都看不见。

一束花

我送给你一束花，
虽然春天还很远。
有时候我觉得，
花朵其实真正属于冬天。

你给我的那几封信，
我已把它们放在有着冷色花朵图案的
桌布上，
托着腮帮端详过了。

我已经在努力，
不再哭泣，叫喊，
而是咒骂，离去。
我张着嘴……
该死！
一切却都像你的肩膀，脸庞，喉咙……
为什么，我想挣脱的却都被你呼唤？！
你对待我像对待猛兽，
还是被绑的柱子？
你表现的不在意，甚至不情愿，
可又仿佛要握住我的口，放进你的嘴唇。

让我看清楚你的脸！
难道你是黑夜？
难道你是我的恶魔？
还是……
你是爱情。

窗

我守着自己的一个叉子
和一个窗子。
你拥有一切,
为何装饰我的窗?

红心高照

我的心是红色的，
它不代表激情，
或者革命，
而是靠近死亡。

这一片片黑白的风景，
我看不见那湖水。
我与世无争，
可在梦中，
我的心被撕裂，
我对生活的愤怒，
却化成自己的血。
破裂的钟声，
它治愈我的心。

众神啊，
我希望我的眼泪通通化为蜜汁，
让我看上去在感动，在微笑。
我不再在乎流的是不是自己的血，
也不再在乎夜晚是我唯一的归宿。

沙　坑

我眼前的沙坑，
它空旷旷的，十分孤独，
像地面上的一个黑洞。
当一阵风过，
沙坑周围扬起灰沙，
它自己却变得困乏而无助。
有些人的双脚陷了进去而摔跤，
它也无能为力。

你也不能责怪它过多，
它自己就是自己的伤口，
毕竟无法自己弥补空虚
与悲情。

其实就是这样

其实就是这样，
我们看多了太阳，
便想到思念与月亮。
美好的东西，
也许只是帮助我们
发现瑕疵。

亚当和夏娃

完美的上帝，
创造出了不完美的世界，
又创造了两个谈不上合格的人。

我想避开孤独，
我惧怕冰冷的水与大地。
即使你褪下了那层笑容，
在我的心房前，
你依然像清晨的海鸥，
叫喊着我的名字。

我们就这样，
在海边的船屋，
眺望着对岸的草原。

一本黑皮纸书

一本黑皮纸书，
犹如我心中的苍穹。
我曾经静静地
走过了春天，
走过了她，
也走过了每一条不曾有过
春天和她的路。

我老是跟自己说一些话，
就连在诗歌中也是这样。
可我不是自言自语，
更不是没有人倾听。

一切都过得那么快……
没有关系，
我至少可以在颓唐之中，
开始珍视一切。

我创造了现在的生命，
却没有任何主宰的权利。
我的抉择，
其实只有失去或获取，
只有继续或停滞。

枯枝败叶

我的记忆
像枯叶，
没有再生的时辰。
也许是风，
或是时间，
把记忆带走了去。

我希望抓住你们的手！
把我带走，
到一个不需要记忆与往事
去存活的世界。
我的灵魂仿佛是梦，
而那记忆就是那做梦的人。

我们因为从没有去过那尽头，
才会说一切都将要结束。

雪人儿

月亮过去了,
太阳终于到来。
无法寻到双脚的雪人儿,
渴望成为玫瑰。

你想试着躲避阳光,
但你无法动弹,
制造你的双手没有给予你自由。
一颗颗的眼泪随着你的眼珠
落在雪地上,
你自己都感觉不到
坠落的瞬间。

我弯下脊背,
触碰到的是冰冷。
我感觉你在这里,
但你还是走了。
你轻轻地叹息,
不再出现在我的窗外。

时间把我的热情榨干

我惋惜，
时间把我的热情榨干，
那曾经令我满足的事已不再起到作用。

我无法解释我为何选择了爱情，
其实一切都是恶性循环。
我因当初的热情而变得迟钝，
又因长时间的幸福放弃了热情。
然后再因这一切，
烟消云散。

我囚禁住的心，
我漫长的路途，
留给了一无所有的草原。
生硬的风将肆虐草原，
并赶走外来者。

一切爱情的誓语

这一切的鲜花和香甜，
我不愿
一个人看见。

我不想像玫瑰一样充满戒心，
来吧，陪我度过永恒的光明！
要不是你，
那暗淡的往昔也将成为永恒。

姑娘，正是你的欢乐与迷路的样子，
让我拔掉我防卫的尖刺。
这尖刺在曾经的黑暗中，
如同手中的乐器，
让我幻想烛光如同团团烈火，
幻想一阵风把秋日中的浆果
吹落进我的干渴，
逃离黑暗中刺眼的月光。

我从不想把你比作日出，
而是只握有我的尸体与爱情，
只为我跟乌云作战的守墓者。
而现在，姑娘我爱你！
你成为了保护我灵魂的尖刺。

我不再跌跌撞撞，
不再是渴求温暖的冰冷的身体，
不再是被哀悼的飞鸟。
姑娘，你让我充满幻想。

来吧，陪我度过永恒的光明，
让这一切鲜花与香甜，
成为一切爱情的誓语。

你不再拥有一颗炽热的心

你不再拥有一颗炽热的心，
不再允许我在雨中敲打你的窗户，
我像被抛弃的行囊，
在不经意间，你已化成冰冷的清水。

让我再爱你一次，
或者请再爱我一次，
请成为我为之虔诚的信仰，
请用色彩解冻那些无用的梦境！
我所有的，
成为战场上的硝烟。
我低下头，
想进行最后的沉睡，
而你仍将成为我最爱的幻想！

渴　望

你参与了一切痛苦的景象，
你喜爱和渴望的死亡，
却依然令你失望。

你躺在烟雾和阴影里，
你逃不过永不停息的
生硬的风。

你哀求自己能结束一切，
但一切都使你无能为力。
你希望将石头赐给鲜花，
让闪电成为空气。

你，
狂躁的战马，
鲜红的身躯，
它曾望着日落，
踏过旷野。

人的一生

人的一生：
童话，
成人。
成人童话。

FOLLOW ME, INTO THE SEA.

When I look at your face,
darkness has faded away.
your hair flutters without care,
paleness is a pure charm in your face.

Oh, girl ——
your smile is trapping me,
you don't want to go home, then follow me.
Follow me,
into the sea,
like those bright-colored corals,
bending their heads.

We escaped from the beast's claws,
hoping to elude
the swords in life.
Stab the others !
Do we have to wait for our death ? !

Could only escape, only to hide······
Oh, girl ——
follow me,
into the sea,
like those bright-colored corals,
beautiful but will never see the sun again.

TIME IS LIKE RAIN, IT DOESN'T FLOW, IT IS DRIPPING, IT STOPS……

Time is like rain,

pours down because of anger,

stops because of the young age.

because of you,

time becomes unimportant,

it becomes dewdrops.

It is raining,

my face is stained with tears.

I cry for you,

mourning for the beauty in the old time.

I used to love roses,

you gave me thorns.

you made my time not important any more.

you took that ten years,

put them into the desert.

I don't mind.

THE LAST DROP OF THE SEA

Take with me those secrets that no one concerns,
I sit on the top of the wave.

Outside the wood and curtains,
the Gods are groaning,
telling me to throw away my desires.
I want to waste my life,
travel away,
or could be good just stay with the sea.

I don't care where the heaven is,
if only I could lock the hell tight.

My final aging and death
will be like fine sand,
symbolize the end of the sea.
I hope there will be piano music keeping my company,
while life stays where it was,
my spirit swinging in the air.

The last drop of the sea,
the last drop of the salt water, touches
the sandalwood flowers
and their down petals⋯⋯

YINYANG

After I die,
you should remember me,
should never leave,
like the sun,
should never change,
like the moon.

THE STRETCHED STARS IN MY LIFE

In the face of the dawn and houses around,
in the harmony like this,
there are no scream or roar.
still, I could hear
all sounds and cries are here
hiding their stories.

Shades of dusk,
rapped by the dead tree branch.
I am standing in the wind,
could only recall the flourishment of the summer.

Maybe, Nature is also yearning.
he is getting old.
I miss the fire used to burn,
he misses the flower blossom.

The stretched stars in my life,
sweet names
and you——love that I've unceasingly praised,
have all gone,
all became dark grey shadows,
stones and dead bodies,
warm and gentle.

I don't know,
why life has taken everything away,
though I have always been silent.
I've never thought to get lost,
there is just no road.
Autumn is mourning for its decay
with no intention to comfort others.

后　记

赵立新

我和儿子都生在29日，不过他1月，我8月。

儿子出生时，通体暗红，体毛长而黝黑，壮硕如斗牛，啼声似鸣笛，重逾八斤三两，十足一个搏击大神。夫人像山西超载的煤车卸去了全部重量，幸福而怨恨。我也幸福地哼唱小调，向儿子的诞生致以不安的敬意。这世界太缺乏仁慈，遂取名真仁。

长子真仁食量大，好吃且勤劳。约三月余，即能自擎最大容量的奶瓶"一气喝成"，其状像极吹响冲锋号角的小战士。开口告诉这个世界的第一句话是"妈妈"，第二句便是"呲"（吃，属翘舌音不易发），每餐饭食毕放下勺碗，片刻满足后即愁上眉梢，问其故，答：想呲点别的！

作为赵真仁"饱读诗书"的父亲，诚愿儿子长得儒雅俊逸的父亲不禁黯然神伤。孩子如坚硬茅草，不管春风吹过还是夏雨拂过，他就疯狂长大了。10岁间，阅读他的课业，是一篇记录快乐一天的作文，共100余字的文章词意不达、语句不通，更鲜有偶尔闪现的童趣，8岁时便已凭美文声名显赫的世俗老爹霎时捶胸顿足，完矣，赵家文学基因的传承之梦就此分崩。奈何贼心不死，找来了厚厚一摞书籍一把推过去，望他能学海苦作舟，拾得点滴精要庄敬自强。

在我不知疲倦地游走于各个摄制组谋稻粱博虚名与家人聚少离多的日子里，儿子默默地成长，其间次子喷薄而出，是一个乐天伶俐的少年，于是儿子有了哥哥的名号。忽一日，夫人拿出电脑展示了一部关于19世纪英国贵族家庭里一个女仆出嫁不顺的短篇小说，其中细节例如服饰礼仪、英伦乡间风景及女仆五味杂陈的内心翻滚皆写得精妙生动，颇有简·奥斯汀之笔风。夫人讲此乃大儿子之作，我大惊，唤真仁于近前，面容肃杀，反复询问是否真是他自己所写而非四处抄袭或百度窃取而就。真仁不急不辱，说确乃自己所为，神态羞涩，那少年眼中流淌的尽是纯净与执拗。为验证其真伪，令其再写，我特意留守家中监督。两日后又一篇神作出炉，是一个不得志中年侦探的故事，而案件发生在遥远的他的出生地北欧。他拿出翻得起了毛边儿的北欧地图和一部半岛神话传说，我哑口无言……我听过有被上帝摸抚脑袋的说法，望着身材颀长、脸型精致的儿子，我不得不承认一颗神妙的种子正在这个少年的身体里发芽吐蕊，我甚至听见他青春美好的破土声。

> 爱情，仿佛是长廊。
> 你试着前进一步，
> 发展一步，
> 你便离那出口，
> 更加近。

当儿子把这首诗和着一堆杂乱但妙不可言的诗递到我手里的时候，那年他13岁，鼻下有虚虚的绒毛，眼神里满是仁慈，闪着明亮柔软的光芒，太阳穴有一种成熟自信的饱满。我突然不合时宜地想起了一个画面，那是我一生抹不掉的愧疚和一个父亲的耻辱——真仁4岁时胖如米其林轮胎的Logo小人儿，愈发馋食成性，我甚至担忧他的一生会毁于无尽的饕餮。于是开始控制他的三餐和三餐间偷偷摸摸没完没了的加餐与零食。一日在他早餐之余已将两盒酸奶消灭掉之后，我藏起了所有酸奶，他也答应我不再自取。当我再回到厨房时却见他正醉眼朦胧地大口享用着新的一盒，我仿佛看到他的未来正湮没在白花花的奶液里，我粗暴地将他拽进储藏间，把夫人的劝解声关在门外。他慌乱如小兽，嘴边还挂着未及吃净的奶渍，我朝他大吼，为他的欺骗、他的嗜吃而愤怒。他惊恐地甚至忘记了流泪……后来夫人告诉我那是他前一天私存下的一盒，而并非偷吃了藏起来的那些。晚上，我在床前向他道歉，他用仁慈的眼睛看着我点点头，睡着了，而眼眶边的那一滴小泪像木刺扎进了我的记忆。就是那个胖胖的好吃的仁慈的小人儿如今写下了诸如：

啊，姑娘，
跟着我，沉入大海，
犹如艳丽的珊瑚，
美丽但不见天日……
你看见的，不是真正的我，
而是你的我。
我看见的，不是我的你，
却是真正的你。
以后人来人往的，
我还怎么认出你……

我不知为何在他拿出这些闪耀的浪漫哲人般的诗句时却想起那童年恶毒伤害他的画面，我读着儿子或滚烫或冰凉的诗句，脸颊也或滚烫或冰凉，我竟潜然泪下，我明白了，我欠儿子一串泪珠，如今这泪生生被儿子的诗逼出来，欠诗人的泪，要还。

　　我死后，
　　你要记住我。
　　像太阳那样不离不弃，
　　像月亮那样始终如一。

　　像每一个执着爱人的誓言，它简单地躺在成片的汉字里，等着懂他们的人来挑选，把它们领走，穿成望不到尽头的诗意。

　　我宁愿一个人沉默，
　　也不要两个人作伴沉默。

　　读到这些句子会莫名心疼，会在窗前枯坐半天也不想动，不想去做有用的事情，不想去见有意义的人，只想那么疼着、呆着。

我们认为完美，

往往却只是，

比美好还差一点。

是吗？真的是啊，儿子，你是如何想到的，还是你看到了？我们的山水不再，心头的山水亦不再，只能强迫后代背背唐诗、念念宋词，世俗的话语却日渐翻新泛滥成灾。灾后的荒地上，我分明看见了你，儿子。

你歌唱，

你唱爱情，破碎与雷声，

我愿当那点亮月光的灯火。

你难忘，

你留给我不再自由的孤独，

我流下永生永世的泪。

我双眼渐浑，看不透这少年的心里究竟是怎样一番风景，他如何沉浸在岁月过往和新情旧意，他如何辗转海洋冰川和战场草原，他又如何读懂了一冬一夏

和百年孤 独，反正他的诗把这些自然和缠绵、牺牲和永生、痛楚与宽容夹着极端的优雅统统浇在我的头上，我有些发懵。

我爱你，会到千年，
我怕的，只是流年。

13岁、14岁、15岁……如今，诗人赵真仁15岁了，为了他潮水般涌来的诗作，他修习了大提琴，西洋乐器里最性感、最深厚的一件。我拍完戏偶尔归家小住，琴声中他的诗句长出血肉容颜，清晰地立于眼前，我会忍不住吟诵出来，那是我和儿子最私密、最美好的交谈……

图书在版编目（CIP）数据

跟着我，沉入大海/赵真仁著.—上海：文汇出版社，
2017.6

ISBN 978-7-5496-2127-9

Ⅰ．①跟… Ⅱ．①赵… Ⅲ．①诗集－中国－当代
Ⅳ．① I227

中国版本图书馆 CIP 数据核字（2017）第 105222 号

跟着我，沉入大海

作　　者 / 赵真仁
责任编辑 / 许　峰
出版发行 / 文匯出版社
　　　　　　上海市威海路755号
　　　　　　（邮政编码200041）
经　　销 / 全国新华书店
印刷装订 / 义乌市万盛彩印有限公司
版　　次 / 2017年6月第1版
印　　次 / 2018年5月第2次印刷
开　　本 / 889×1194　1/24
印　　张 / 7.5
字　　数 / 86千

ISBN 978-7-5496-2127-9
定　　价 / 48.00元